y su extraño colegio

Bruño

LECTORUM

Para Emma

Título original: *Miss Daisy Is Crazy!,*
publicado por primera vez en EE UU
por Harper Trophy®, una marca registrada
de HarperCollins Publishers Inc.
© del texto: Dan Gutman
© de las ilustraciones: Jim Paillot

© Grupo Editorial Bruño, S. L., 2018
Juan Ignacio Luca de Tena, 15; 28027 Madrid

www.brunolibros.es

Dirección del Proyecto Editorial: Trini Marull
Dirección Editorial: Isabel Carril
Edición: Cristina González
Traducción: Begoña Oro
Diseño de cubierta: Miguel Ángel Parreño
Diseño de interior: Equipo Bruño

ISBN: 978-84-696-2592-7
Depósito legal: M-21118-2018
Printed in Spain

PAPEL DE FIBRA
CERTIFICADO

¡La señorita Lulú no sabe ni la u!

Texto:
Dan Gutman

Dibujos:
Jim Paillot

ⓑ Bruño
LECTORUM

Índice

¡Odio el colegio!

1

—Me llamo A.J., me gustan el fútbol y los videojuegos y odio el colegio.

Era el primer día de curso y nuestra profesora, la señorita Lulú, nos hizo levantarnos uno por uno para decir cómo nos llamábamos y contar algo de nosotros.

Cuando yo conté que odiaba el colegio, todos mis compañeros se rieron, aunque yo lo dije muy en serio.

Ya he aprendido muchas cosas en la vida, y una de ellas es que no hace falta ir al colegio.

Puedes aprender todo lo que necesitas viendo la tele, como por ejemplo cuáles son los cereales más crujientes, o qué juguetes deberían comprarte por tu cumple, o cuál es el champú que te deja el pelo más brillante... Las típicas cosas que cualquier mayor necesita saber, vaya.

El colegio es solo una tontería que se les ocurrió a los padres para no tener que pagar cuidadores que vigilen a sus hijos.

Cuando yo sea mayor y tenga hijos, no les haré ir al colegio. Podrán montar en bici y jugar al fútbol y con los videojuegos todo el día. Ellos serán felices y pensarán que soy el mejor padre del mundo.

Pero, hasta que eso pase, quería que a la profe le quedara muy clarito desde el principio lo que pienso del colegio.

—¿Sabes, A.J.? —me dijo la señorita Lulú—. Yo también odio el colegio.

—¿Síííí? —exclamamos todos los de la clase, mirándola alucinados.

Siempre habíamos pensado que a los profesores les encanta el colegio. Si no, ¿por qué iban a hacerse profesores? ¿Y por qué iban a querer ir al colegio siendo ya mayores?

Desde luego, cuando yo sea mayor, no pienso pisar un colegio ni loco.

—Pues claro que odio el colegio —siguió diciendo la señorita Lulú—. Si no tuviera que venir aquí a enseñaros, me quedaría tan tranquila en mi casa tumbada en el sofá, viendo la tele y comiendo trufas.

—¡Halaaaaa! —exclamamos todos, boquiabiertos.

—¿Y qué es una trufa? —preguntó Ryan, el chico que se sienta a mi lado, en la tercera fila.

—Las trufas son un tipo de bombones riquísimos —explicó la profe—. Son bolitas pequeñas que puedes meterte de golpe en la boca. ¡Ñam, ñam, podría zamparme una caja entera de trufas ahora mismo!

—¡Seguro que están deliciosas! —dijo Andrea, una chica con el pelo súper rizado que se sienta en la primera fila y que, cada vez que abre la boca, sieeeeempre se pone muy, muy tiesa, y junta las manos como si se las hubieran pegado con pegamento.

Para ser una profesora, la señorita Lulú parecía guay.

Incluso puede que ella y yo tuviése-
mos mucho en común.

Cualquiera que prefiera tumbarse a
ver la tele comiendo chocolate en
lugar de ir al cole me cae bien.

A lo mejor, esto del colegio no iba a
ser tan malo.

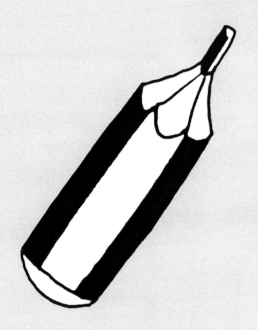

2
La profe y el director

La señorita Lulú dijo que había llegado el momento de comprobar cuánto sabíamos de matemáticas.

¡Buaj!

—Si te doy cincuenta y ocho manzanas y el director te quita veintiocho, ¿cuántas te quedan, A.J.? —me preguntó.

—Por mí, como si el director me las quita todas —respondí yo—. Es que no me gustan mucho las manzanas, ¿sabes?

—Te quedarían treinta —saltó Andrea, la de la primera fila, con una sonrisa de oreja a oreja, como si acabase de abrir todos sus regalos de cumple.

Esa niñata se cree taaaaan lista…

—Odio las matemáticas —dije.

—Ah, ¿sí? ¡Pues resulta que yo también las odio! —sonrió la profe, encantada de la vida.

—¿Síííí?
—exclamamos
todos, alucinados.

—¡Pues claro! ¡Si no sé ni multiplicar cuatro por cuatro!

—¿Nooooo?

—No tengo ni idea —dijo, rascándose la cabeza y arrugando la frente, como si se le estuviera derritiendo el cerebro de tanto pensar—. A lo mejor alguno de vosotros podría enseñarme…

Desde luego, ¡la señorita Lulú era una burrícola total! ¡Si hasta yo sé cuántas son cuatro por cuatro!

Pero Andrea, la niñata yo-lo-sé-todo-porque-soy-súper-requete-inteligente, se me adelantó y lo soltó primero:

—Si pones cuatro rotuladores en fila —le dijo a la profe mientras sacaba un montón de *rotus* de su pupitre—, y haces cuatro filas de rotuladores, al final tendrás dieciséis rotuladores. ¿Lo ves? —y entonces los contó, del uno hasta el dieciséis.

La señorita Lulú no parecía muy convencida.

—No estoy segura de haberlo entendido —dijo—. ¿Alguien más me lo puede explicar?

Michael, un chico que nunca lleva las zapatillas atadas aunque se pase tooooodo el rato pisándose los cordones, volvió a explicarle lo de cuatro por cuatro poniendo dieciséis *rotus* en cuatro filas de cuatro *rotus* cada una.

Pero la profe seguía con cara de no pillarlo.

—¿Y qué pasaría si, por ejemplo, quitásemos la mitad de los rotuladores? —preguntó.

Michael quitó dos de las filas de *rotus* y los guardó en su pupitre.

—¡Que nos quedarían ocho! —dijimos todos.

Y la sabelotodo de Andrea remató:

—La mitad de dieciséis es ocho.

La señorita Lulú arrugó tanto la frente que parecía un acordeón. ¡Madre mía! ¡Aún no lo había pillado!

Empezó a contar los *rotus* de la mesa de Michael en voz alta… ¡y con los dedos!

Lo dijo tooooodo mal.

Entonces los de la clase nos juntamos a su alrededor e intentamos explicarle con *rotus* cómo se suma, se resta, se multiplica y se divide.

Pero nada funcionaba… ¡La señorita Lulú no sabía ni la u!

Por más que intentábamos que lo entendiera, ella seguía meneando la cabeza.

—Lo siento —dijo—. Esto de las matemáticas me cuesta un montón. Igual

podéis seguir explicándomelo mañana, ¿eh? Es que ahora va a venir a
hablarnos el director.

Lo sé todo sobre los directores.

Mi amigo Billy, que vive en mi calle
y es un año mayor que yo, me contó
que, en su colegio, el director es
como si fuera el rey. Manda en todo,
¡hasta en los profes!

Billy dice que, si te portas mal en el
colegio, te mandan al despacho del
director, y entonces él te encierra en
un calabozo que tiene en el sótano y
allí te obliga a escuchar música anti-
gua, de esa que les gusta a tus padres,
durante hooooooras y hooooooras.

No se me ocurre una tortura peor.

La señorita Lulú nos pidió que nos
portásemos lo mejor posible para
que el director viera lo formales que
éramos.

Y, por fin, el director entró en nuestra clase.

—¡Hola, chicos, bienvenidos! —nos saludó muy sonriente—. Estoy seguro de que vamos a pasar un año estupendo juntos.

Después empezó a hablar de las normas del colegio: que si no se puede correr por los pasillos, que si no se puede comer chicle… Cosas de esas.

Pero yo no le estaba haciendo mucho caso porque no podía dejar de mirarle la cabeza…

¡El director no tenía ni un pelo! Pero ni uno, ¿eh?

Su cabeza era como un huevo gigante.

Cuando terminó de contarnos las normas del colegio, preguntó si alguien tenía alguna duda.

—¿Se te cayó todo el pelo de golpe, o te lo cortaste tú? —le pregunté.

Todos se echaron a reír, menos la profe, que me lanzó una mirada de esas que matan.

—Bueno, fue una mezcla de las dos cosas —contestó el director, todo sonriente—. Se me cayó casi todo el pelo, así que decidí afeitarme lo poco que me quedaba.

—¡Oh, es la historia más triste que he oído en mi vida! —dijo una chica pelirroja que se llama Emily, y se puso a llorar.

Emily sieeeeempre lloriquea por todo.

—No te preocupes —le dijo el director—. Podría haber sido mucho peor.

—¿Peor todavía? —preguntó ella, sorbiéndose los mocos.

—Bueno, al menos solo se me cayó el pelo, ¡no la cabeza entera, con cerebro y todo!

Todos nos reímos, hasta la llorica de Emily. Para ser un director, el director parecía guay.

—¿Alguna otra duda? —dijo.

—¿Tienes un calabozo en el sótano para encerrar a los que se portan mal? —le pregunté yo.

—En realidad, el calabozo está en la tercera planta —respondió él.

Como esta vez nadie se rio, el director tuvo que explicarnos que era una broma y que nunca, jamás, había tenido un calabozo en el colegio.

El pobre estaba tan arrepentido por habernos gastado aquella broma sin gota de gracia, que hasta nos dejó tocarle la calva. ¡A todos!

Eso hizo que nos sintiéramos muchísimo mejor.

El director parecía majo, pero hay mucha gente que al principio parece maja, y luego te das cuenta de que en realidad son unos seres malvados y despreciables de esos que planean destruir el mundo.

A saber si no nos había mentido con lo del calabozo.

3

¿Cómo se escribe «escribir»?

Antes de que empezaran las clases, mi madre me dijo que este curso sería súper emocionante porque iba a aprender a leer libros enteros por mi cuenta.

Pero yo ya sabía leer de sobra, y eso que había hecho todo lo posible para no aprender.

Mi amigo Billy dice que no hace falta saber leer, porque cuando te haces mayor y ganas una pasta gansa, puedes pagar a alguien para que te lo lea todo. ¿A que mola?

Por eso, cuando la señorita Lulú nos pasó una lista de palabras para que las leyéramos en clase, yo salté:

—Odio leer.

—Ah, ¿sí? ¡Yo también! —exclamó la profe.

—¿Síííí? —preguntamos todos, alucinados.

—Sip —contestó ella—. No sé leer ni una palabra.

—¿Nooooo?

—Nop. Ni escribir.

—¿No sabes ni cómo se escribe «escribir»? —le preguntó Michael, con los ojos como platos.

—No tengo ni idea —respondió ella, rascándose la cabeza igual que cuan-

do nos dijo que no sabía ni multiplicar cuatro por cuatro.

—¡Pero si es muy fácil! A ver, deletrea «escribir» —le pidió Andrea.

—E-s-c-r-i-v… —empezó la señorita Lulú.

—¡Nooooo! —gritamos todos.

—¡Me rindo, me rindo! —dijo la profe—. ¿Alguien sabe cómo se escribe «escribir»?

—E-s-c-r-i-b-i-r —coreamos todos.

—¡Hala! ¡No lo sabía! —exclamó la señorita Lulú, maravillada—. ¡Cuántas cosas me habéis enseñado hoy!

—¿Cómo puedes ser profesora si ni siquiera sabes que «escribir» es con b? —le preguntó Ryan.

—Bueno… Es que yo pensaba que en vuestro curso todavía no sabríais leer ni escribir muy bien, y que no pasaba nada si no controlaba mucho la ortografía…

—Pues yo sé escribir un montón de palabras de las difíciles —dijo Andrea.

—¡Y yo! —saltamos todos los demás.

—¿De verdad? —se sorprendió la profe—. ¿Como cuáles?

Todo el mundo se puso a decir palabras y cómo se escribían, pero la señorita Lulú nos hizo callar y nos fue señalando por orden.

Así, fuimos saliendo por turnos a la pizarra y escribimos tres palabras cada uno.

Las mías fueron: «hervir», «búho» y «McDonald's», que es dificilísima.

Para cuando terminamos, la pizarra estaba llena de palabras. No quedaba sitio para ninguna más.

—¡Uauuu! —exclamó la señorita Lulú—. Esta mañana me habéis enseñado un montón. ¡Estoy encantada de haber decidido ser profesora!

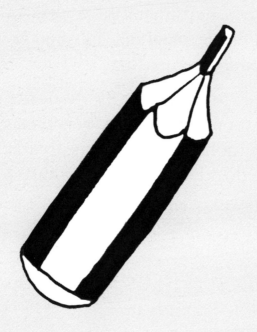

4

¿La señorita Lulú está chiflada?

En el comedor (también conocido como el *vomitorio*) vi que mi madre me había puesto un sándwich de jamón y queso con lechuga y tomate, así que se lo cambié a Michael por sus patatas fritas.

Todo el mundo estaba hablando de la señorita Lulú.

—Yo creo que está chiflada… —dijo Ryan.

—Desde luego, es la profesora más rara que he visto en mi vida —reconoció Emily—. No sabe leer, no sabe escribir, no sabe matemáticas… Pero ¿qué clase de maestra es esa?

—Una muy mala —salté yo.

—Eh, ahora que lo pienso… —dijo Michael, que es capaz de hablar sin problemas con la boca llena de sánd-

wich—: ¿Y si resulta que la señorita Lulú no es profesora de verdad?

—¿Qué quieres decir? —preguntó Ryan.

—Quiere decir que puede que sea una impostora —dijo Andrea.

—¿Y eso qué es? ¿Alguien que paga impuestos? —pregunté yo.

—No, bobo. Un impostor es alguien que se hace pasar por otra persona

—respondió la listilla de Andrea—. Puede que la señorita Lulú sea una falsa profesora.

—¡Ostras! A lo mejor, en realidad es una ladrona de joyas, o de bancos… —se me ocurrió de repente—. ¿Y si logró colarse en el colegio y ahora está aquí escondida para que no la encuentre la poli?

—¿La poli? ¡Deja de ver tanta tele, anda! —se echó a reír Andrea, y casi se atraganta con la leche.

Sí, sí, mucha tele, pero… ¿y si resultaba que la profe era una delincuente de esas que te roban la merienda, o de las que te pinchan el balón, o de las que aparcan donde está prohibido?

Se me empezó a llenar la cabeza de todas las cosas horribles que podría ser la señorita Lulú…

—Lo mismo ha secuestrado a nuestra verdadera profesora y ha pedido un rescate por ella —dije.

—¡Hala!, ¿tú crees? —preguntó Emily, a punto de llorar del susto.

—En los dibujos animados, siempre atan a los secuestrados a las vías del tren —les recordé a todos—. ¡Quizá nuestra profesora de verdad está atada a una vía del tren en este momento!

—¡Qué horror! —exclamó Emily, y por fin se echó a llorar a gusto—. ¡Tenemos que rescatarla!

—Humm…, eso no tiene sentido… —dijo Michael—. Si la señorita Lulú no sabe ni la u, ¿cómo va a ser capaz de secuestrar y atar a una vía del tren a una profesora lista de verdad?

—Pues a mí no me parece que tenga pinta de secuestradora… —replicó Ryan.

—Deberíamos decírselo al director —propuso Andrea—. Él sabrá lo que hay que hacer.

—¡No! —grité yo—. ¿Es que no veis la suerte que tenemos? Si le contamos al director lo burrícola que es la señorita Lulú, la echará y nos pondrá una profesora de verdad que sabrá leer, y multiplicar…, y tendremos que aprender tooooodo lo que nos enseñe. ¿Es que queréis eso, ¿eh, eh, eh?

—¡Buf, para nada! —dijo Michael.

—Me da igual si es una impostora, una ladrona o una secuestradora —seguí yo—. ¡A mí me gusta! ¡Y yo digo que nos quedemos con ella!

—Y yo —dijo Michael—. ¡La señorita Lulú mola!

—Vale, pues entonces no se lo diremos a nadie —decidí—. Será nuestro secreto.

Todos estuvimos de acuerdo.

Nuestros labios estaban sellados.

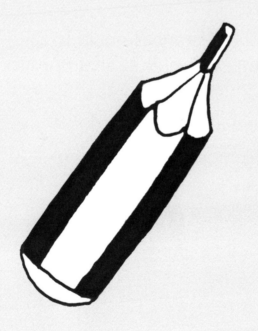

¡Una idea genial!

5

Al día siguiente, cuando tocó recreo, la señorita Lulú dijo que jugásemos mucho en el patio porque necesitábamos quemar muuuuucha energía.

—Eso se me da genial, ¿ves?, no esos rollos patateros de leer, y escribir, y *mates*... —le expliqué yo, y me fui derecho a subirme al laberinto del patio.

Después hicimos un campeonato para ver quién daba más vueltas en los columpios sin vomitar.

Ganó Michael.

Y luego nos sentamos en el césped a hablar.

Aunque la señorita Lulú era bastante guay, todos nos pusimos de acuerdo en que odiábamos el colegio.

Y prometimos que siempre lo odiarímos, aunque a veces cambiásemos de idea y llegase a gustarnos.

Entonces fue cuando a Ryan se le ocurrió una idea genial…

¿Y si comprásemos el colegio?

Ryan nos contó que su padre trabaja en una súper empresa que se había comprado otra empresa, igual que cuando vas a la tienda y te compras una bolsa de chuches.

Ryan dijo que eso de comprar empresas pasaba mucho, así que, ¿por qué no íbamos a poder comprar nosotros el colegio?

—Y si nos compramos el colegio, ¿qué vamos a hacer con él? —preguntó Michael.

—Lo que queramos, porque será nuestro —respondió Ryan.

—¿Podríamos convertirlo en un salón de videojuegos? —pregunté yo.

—¿Por qué no? —dijo Ryan—. En vez de enseñar a leer y a escribir y a multiplicar..., ¡en nuestro cole se enseñaría a jugar!

—¿Y podríamos montar en monopatín por los pasillos? —preguntó Michael.

Salón de videojuegos

—¡Pues claro! —dijo Ryan—. Si somos los dueños, sí.

Yo estaba emocionado. Si hay algo que me gusta casi tanto como jugar al fútbol americano, con mi casco, mis hombreras, mis rodilleras y toda la pesca… ¡es jugar a los videojuegos!

Bueno, eso, y montar en monopatín.

Enseguida me vacié los bolsillos.

Tenía una moneda de 20 céntimos, tres de 5 y un cromo.

Los demás también se vaciaron los bolsillos, y luego sumamos todo el dinero que teníamos: dos euros con treinta y tres céntimos.

—¡Somos ricos! —exclamó Michael.

—Sí, pero no tanto como para comprar un colegio entero —dijo Ryan, que estaba bastante puesto en eso de la pasta. Como su padre trabaja en una súper empresa…

—Vale, ¿y cuánto necesitamos para eso? —le pregunté.

—Buf, ahí me has pillado… —me confesó Ryan—. Será mejor que se lo preguntemos a la señorita Lulú.

Después del recreo, fuimos corriendo a preguntarle a la profe cuánto costaría comprar el colegio.

—Hummm, pues no lo sé —respondió ella; estaba claro que la pobre no sabía ni papa de nada—. ¿Y para qué queréis comprarlo?

—Es que queremos convertirlo en un salón de videojuegos gigante —le expliqué yo.

—¡Uauuu! ¡Es una idea genial! —exclamó la señorita Lulú con una gran sonrisa—. Me encantan los videojuegos. Hay taaaaantos colegios y tan pocos salones de videojuegos… Organizaré una reunión con el director para mañana mismo y le preguntaremos si podéis comprar el colegio, ¿de acuerdo? Y ahora, ¡todo el mundo a ver a la enfermera!

El despacho de la enfermera del colegio está en la planta de abajo.

Bueno, ella dice que es enfermera, pero yo estoy seguro de que en realidad es una espía.

¿Sabes por qué?

Pues porque en la pared de su despacho hay un póster grandote que pone:

Una vez intenté leerlo, pero aquello no tenía ni pies ni cabeza.

Incluso la listilla de Andrea no pudo entender lo que ponía, y eso que ella lo sabe todo y más.

Por eso creo que la enfermera ha escondido un código secreto en ese póster y está usándolo para mandar en clave sus mensajes de espía.

Tendré que vigilarla de cerca (menos mal que es bastante guapa).

Cuando entramos en su despacho, la enfermera nos colocó por orden de altura.

Como soy uno de los más bajitos, me tocó ponerme al principio de la fila.

Luego nos dijo que nos quitásemos los zapatos.

Al principio pensé que no quería que le mancháramos el suelo, pero entonces nos explicó que iba a pesarnos y a medirnos.

Estaba claro que quería sacar toda la información posible sobre nosotros, que es justo lo que hacen los espías.

Mi amigo Billy dice que, cuanto más pesas, más listo eres, porque la gente que pesa más tiene el cerebro más grande. Pero creo que solo lo dice porque él está más bien redondo.

Yo pesé 23 kilos.

La enfermera sacó ese metro tan chulo que tiene. Es como de metal, mide casi dos metros y, cuando aprietas un botón, *¡ziiiip,* se recoge él solo! ¡Mola!

Fijo que hay más chismes de espía como ese escondidos por todo su despacho.

La enfermera no nos dejó jugar con su metro mágico, pero se dedicó a medirlo todo.

Nos enseñó que el banco en el que estábamos sentados medía 43 centímetros de alto.

Y la puerta de su despacho, 76 centímetros de ancho.

Y su pie derecho, 35 centímetros de largo.

Luego se puso el metro alrededor de la cabeza y dijo:

—¡Eh, mirad! ¡Mi cabeza mide 60 centímetros de circunferencia!

Todos se echaron a reír, hasta yo, y eso que no tenía ni pizca de gracia (ya te he dicho que la enfermera es bastante guapa, ¿no?).

—¿No os parece que medir cosas es muy divertido? —nos preguntó, entusiasmada—. Me pregunto cuánto pesará la báscula…

La señorita Lulú dijo que ya era la hora de volver a clase, así que dejamos a la enfermera que siguiera tranquilamente midiéndolo y pesándolo todo.

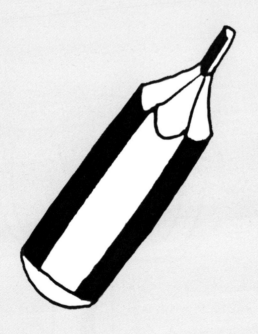

6
¿Qué quieres ser de mayor?

Un poco antes de acabar las clases, la señorita Lulú se sentó en el suelo y nos dijo que hiciéramos lo mismo, formando un círculo a su alrededor.

Entonces nos pidió que le contásemos qué queríamos ser de mayores.

—Yo quiero ser veterinaria —dijo Andrea.

—¿Alguien sabe qué significa la palabra «veterinario»? —preguntó la profe.

—Es alguien que no come carne —respondió Michael.

—Eso es un «vegetariano» —repliqué yo—. Un veterinario es alguien que lleva mucho tiempo haciendo algo.

—Eso es un «veterano» —dijo Ryan.

Todos se rieron, y eso que yo lo había dicho muy en serio.

—Andrea, ¿podrías explicarnos a todos qué es un veterinario? —le pidió la señorita Lulú.

—Un veterinario es un médico que cuida de los animales —nos explicó Andrea con su voz más repipi.

Después le tocó a Emily, y dijo que quería ser enfermera en un hospital.

—¡Puaj! ¿Y por qué quieres ser eso? —le pregunté—. Pero si la gente que va al hospital está toda llena de heridas con pus, o tiene los brazos o las piernas tan rotos que hasta se les ve el hueso, o se le salen las tripas porque…

—¡A.J.! —me cortó la señorita Lulú.

Emily empezó a soltar hipos, no sé si porque iba a llorar o a vomitar.

—¿Y tú qué quieres ser de mayor, A.J.? —me preguntó la profe cuando Emily se calmó un poco.

—Yo voy a ser una estrella del fútbol americano.

—¿De verdad? ¿Y por qué has elegido esa profesión?

—Porque me encanta ese deporte —dije—. Además, para ser un futbolista estrella no hace falta saber leer, ni escribir, ni *mates*... ¡Ni siquiera hace falta venir al colegio para nada! Mi amigo Billy dice que todas las estrellas del fútbol son unos burrícolas totales.

—Vaya, ¿eso dice tu amigo? —sonrió la señorita Lulú.

—Sip. Billy es muy listo, ¿sabes? También dice que, si cavas un agujero muy, muy hondo y te metes en él, caerás por el interior de la Tierra y aparecerás por el otro lado a tanta velocidad que saldrás disparado hacia al espacio exterior.

Michael dijo que eso molaba, y enseguida decidió que, de mayor, en vez de ser bombero iba a hacerse excavador de agujeros-astronauta.

Los demás siguieron contando qué querían ser de mayores.

Una chica que se llama Linda dijo que quería ser cantante.

Y Ryan dijo que quería ser un hombre de negocios, como su padre.

Andrea dijo que, si no podía ser veterinaria, le gustaría ser profesora, como la señorita Lulú, y le dedicó a la profe su mejor sonrisa.

Por-fa-vorrrrrr… Además de listilla, ¡pelota!

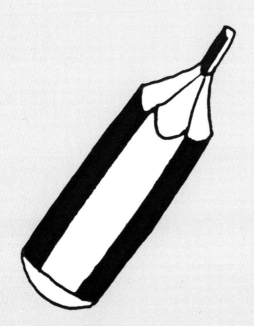

Trufas y fútbol

Al día siguiente, la señorita Lulú trajo a clase una caja con un lazo.

—¿Qué hay dentro? —le preguntamos.

—Es un secreto.

—Venga, va, porfaaaaa…

—Vaaaale, está bieeeen —dijo, y abrió la caja—. Son… ¡trufas!

Entonces nos explicó que podríamos usar las trufas para hacer problemas

de matemáticas, y que así aprenderíamos juntos.

Las dejó en un pupitre en medio de la clase. Debía de haber unas treinta o cuarenta.

—¿A alguien se le ocurre un problema con las trufas? —preguntó—. ¿Andrea?

—Si tengo tres trufas en una caja —dijo Andrea mientras colocaba tres trufas en su estuche—, y tengo tres cajas como esta, ¿cuántas trufas tengo en total?

La profe se quedó mirando el estuche de Andrea durante un buen rato, contando en su cabeza y también con los dedos.

Cualquier burrícola sabría que tres cajas con tres trufas cada una son nueve trufas. Tres por tres son nueve.

Pero la señorita Lulú no parecía saberlo.

Al final, abrió el estuche de Andrea y se metió las tres trufas en la boca.

—¿A quién le importa cuántas hay, mientras tenga suficientes para comérmelas? —dijo después de tragárselas.

Creo que la pobre necesita mucha ayuda con las *mates*.

Después de haberse zampado las tres trufas, nos pasó las que quedaban y nos dimos un banquete.

Entonces nos dijo que ya teníamos suficientes matemáticas por hoy y nos preguntó de qué queríamos hablar durante el resto de la clase.

—¡De fútbol! —salté yo.

A la señorita Lulú no le gusta que hables sin levantar primero la mano. No sé qué tendrá que ver una cosa con la otra, porque por lo menos yo no hablo con la mano, ¿no?

El caso es que me dejó hablar y yo dije que el fútbol americano era una de las mejores cosas del mundo, y que lo sabía todo sobre el tema:

—Mi padre siempre me lleva a todos los partidos de los Tornados. Son un equipo profesional, ¿sabes?

—Ah, pues igual me puedes ayudar, A.J. —dijo la señorita Lulú—. Me estaba preguntando cuánto mide un campo de fútbol americano...

—Unos 91 metros y medio de largo por unos 49 de ancho, o lo que es lo mismo: 100 yardas de largo por 53 de ancho, que es como se mide en realidad en ese deporte, en yardas —recité yo.

Me lo sabía de memorieta.

—¡Uauuu, vaya campo más enorme! Y siendo tan grande, ¿cómo podéis ver tu padre y tú lo que pasa durante todo el partido?

—Bueno, siempre intentamos sentarnos cerca de la línea de cincuenta yardas —contesté yo—. Es el mejor sitio.

—¿Por qué? —preguntó la profe.

—Porque está justo en medio del campo.

—O sea, que la mitad de cien yardas… ¿son cincuenta? —preguntó.

—Sip.

—¡Claro! —exclamó la señorita Lulú—. Y si ya sabemos que en un

campo de fútbol americano hay cien yardas, igual sabemos también cuántos céntimos hay en un euro... ¿Andrea?

—¡Cien céntimos!

—¿De verdad? —dijo la profe—. Y si la mitad del campo eran cincuenta yardas, ¿cuántos céntimos serán la mitad de un euro?

—¡Cincuenta! —exclamó Michael—. ¡Porque cincuenta es la mitad de cien, y cincuenta más cincuenta suman cien!

—¡Y la quinta parte de cincuenta es diez, porque cinco monedas de diez suman cincuenta céntimos! —añadió la sabelotodo de Andrea.

—¡Y cinco monedas de veinte céntimos suman un euro! —exclamó Ryan.

—¡Y quedamos en que un euro tiene cien céntimos, igual que un campo de fútbol americano tiene cien yardas! —se emocionó la señorita Lulú, pegando botes como loca.

—Eh, eh, espera un momento... —salté yo—. ¿No dijiste que ya habíamos tenido suficientes matemáticas por hoy?

—Esto no eran matemáticas —replicó la profe—. ¡Esto era fútbol!

—Bueno, vale —dije yo—. Mientras no intentes colarnos algo de matemáticas en nuestra conversación sobre fútbol...

—¡Huy!, ¿de verdad crees que yo haría una cosa así? —preguntó ella como muy ofendida, y entonces me guiñó un ojo.

A veces es difícil saber si la señorita Lulú habla en serio o no.

Mogollón de libros

8

El jueves, el director vino a clase.

Llevaba un sombrero, y eso casi le hacía parecer una persona normal, de las que tienen pelo en la cabeza y tal.

—Tengo que ir a una reunión —nos dijo—, pero me han contado que algunos de vosotros teníais algo importante que hablar conmigo.

Yo me acordé de levantar la mano y la señorita Lulú me dio permiso para preguntar:

—¿Podemos comprar el colegio?

—Hummm... —dijo el director.

«Hummm» es lo que dicen los mayores cuando no saben qué contestarte.

—¿Y por qué queréis comprar el colegio? —preguntó el director.

—Queremos convertirlo en un salón de videojuegos gigante —le expliqué yo.

—Ajá, comprendo —dijo el director, frotándose la barbilla—. Pero comprar un colegio cuesta mucho dinero...

—¿Cuánto? —pregunté—. Si nos dices cuánto, conseguiremos el dinero.

—¡Ya sé lo que podemos hacer! —exclamó el director—. No puedo venderos el colegio, pero sí alquilároslo por una noche. ¿Conocéis la diferencia entre comprar y alquilar?

Andrea levantó la mano la primera, para variar:

—Cuando compras una película, te la quedas para siempre. Pero si la alquilas, solo puedes verla durante unas horas nada más.

—Correcto —dijo el director—. ¿Os interesa alquilar el colegio por una noche?

—¿Cuánto nos costaría? —pregunté.

—Un millón de páginas —contestó él—. Si leéis un millón de páginas de libros, podréis convertir el colegio en un salón de videojuegos por una noche.

¡Un millón de páginas! Buf, eso sonaba a mogollón de libros…

—¿Qué tal si lo dejamos en mil páginas? —intenté negociar yo.

—Un millón —dijo el director—. Es mi última oferta. La tomáis o la dejáis.

—¿Vale si nos ayudan los de las otras clases? —preguntó la señorita Lulú.

—Claro que sí. Cuantos más, mejor —respondió el director—. Y os prometo una cosa: Si entre todos los alumnos del colegio conseguís leer un millón de páginas, ¡vendré a la gran noche de los videojuegos disfrazado de gorila!

—¡Trato hecho! —dije, y nos dimos la mano.

Justo en ese momento, empecé a pensar en un plan de acción.

9
Leyendo como locos

Nada más llegar a casa, me fui derecho a la habitación de Amy, mi hermana mayor.

Amy ya está en quinto, así que sabe un montón de cosas.

—¡Tienes que ayudarme! —le pedí—. Si leemos un millón de páginas, el director nos dejará convertir el colegio en un salón de videojuegos gigante por una noche… ¡y se disfrazará de gorila!

—Haría lo que fuese para ver una cosa así —dijo mi hermana.

Como ella maneja muy bien el ordenador, me ayudó a hacer unos pósters que decían:

¡CONVIRTAMOS EL COLEGIO EN UN SALÓN DE VIDEOJUEGOS GIGANTE!

Pegamos los pósters por toda la calle Mayor, y Amy también se los mandó por correo electrónico a sus compañeros de clase.

A la mañana siguiente pegamos más pósters por todo el colegio, y yo fui dándole uno a todo el que se cruzaba conmigo.

La bibliotecaria nos dijo que podíamos colocar algunos pósters en la biblioteca.

La conserje nos dio permiso para poner otros pocos en el comedor y en los baños.

El profesor de música nos dejó colgar algunos más en el aula de música.

A media mañana, todos en el cole estaban leyendo como locos.

Había chicos leyendo libros por los pasillos, chicos leyendo libros mientras comían, chicos leyendo libros mientras hacían gimnasia, chicos leyendo libros en las horas de estudio, chicos leyendo libros… ¡hasta a la hora del recreo!

Acababan un libro y salían corriendo a preguntar a la bibliotecaria si podían sacar otro.

Yo me leí uno sobre ranas, y eso que esos bichos me importan un pito.

Algunos profes empezaron a enfadarse porque todos sus alumnos estaban leyendo libros cuando tenían que estar haciendo otras cosas.

La señorita Lulú nos dijo que sentía mucho no poder ayudarnos demasiado porque ella no sabía leer, pero

colaboró dibujando un termómetro en un mural enorme y luego lo colocó en el pasillo.

Cada vez que leyéramos un montón de páginas, ella haría que subiera la temperatura del termómetro.

En el mural, arriba del todo, ponía «UN MILLÓN».

Al poco rato, mogollón de gente empezó a asomarse a nuestra aula para informar:

—¡En mi clase ya hemos leído otras quinientas páginas!

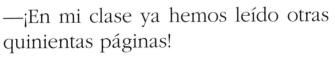

—¡Y en la mía, seiscientas!

Molaba ver cómo subía la temperatura del termómetro.

Al final de la semana, entre todos los alumnos del colegio habíamos leído... ¡casi medio millón de páginas!

10

¿Los futbolistas son unos burrícolas?

—Chicos, hoy tenemos un invitado muy especial, y también muy famoso... —dijo la señorita Lulú—: *La bomba* Búmer.

—¡Ualaaaaa!

Eso fue lo primero que dijo todo el mundo.

Y lo segundo fue:

—¿Y ese quién es?

Pero yo ya sabía quién era...

¡Mi héroe!

Porque *la bomba* Búmer es un jugador de los Tornados, mi equipo de fútbol favorito.

¡Madre mía, había un futbolista de verdad en mi clase, justo delante de mis narices!

La profe nos contó que *la bomba* tenía una hija en cuarto curso, y que por eso estaba de visita en nuestro colegio.

Cuando *la bomba* entró en clase, todos nos quedamos patitiesos.

¡Bufff, menudos músculos tiene!

Enseguida lo rodeamos y él nos dejó tocarle los brazos y el pecho. ¡Parecían de acero puro!

Después, *la bomba* Búmer levantó a Emily… ¡con una sola mano! Flipante, ¿eh?

Luego nos regaló una pelotita de fútbol americano a cada uno, ¡y nos la firmó a todos!

—¿Alguien quiere preguntarle algo a *la bomba* Búmer? —dijo la señorita Lulú.

—¡Sí, sí! —grité yo, levantando la mano—. Cuando un jugador del equipo rival te tira al suelo y te pisa la cabeza, ¿duele, aunque lleves casco?

Todos se rieron, aunque lo de que te pisen la cabeza no tenga ni pizca de gracia.

La profe debió de pensar lo mismo, porque me dijo que nada de hablar de pisar cabezas. Entonces yo le dije que por qué me había dejado preguntar, si luego no dejaba que me contestaran.

La bomba Búmer interrumpió aquella conversación tan divertida.

—A nadie le gusta tirar al suelo a los del equipo rival —dijo—, pero a veces tenemos que hacerlo porque es parte del juego.

—Por cierto, señor Búmer: ¿Es verdad que los jugadores de fútbol son muy tontos? —le preguntó de sopetón la señorita Lulú.

Todos nos quedamos pasmados.

Incluso me dio miedo que, después de haberle dicho una burrada así, *la bomba* Búmer acabara pisándole la cabeza a la profe.

—¿Perdón? —dijo *la bomba,* como si no estuviera seguro de haber oído bien la pregunta.

—Hace poco, alguien me dijo que los futbolistas no tienen por qué saber leer, ni escribir, ni multiplicar..., y que ni siquiera hace falta que vayan al colegio —respondió tan tranquila la señorita Lulú.

—Ah, ¿sí? ¿Y quién le dijo eso? —preguntó *la bomba.*

Todos me miraron.

Yo me escurrí hacia abajo en la silla, hasta que mi cabeza quedó casi debajo del pupitre, y también abrí un cuaderno para taparme la cara. Por si acaso.

—Oh, me lo dijo un buen amigo... —contestó la profe—. ¿Y bien? ¿Es eso verdad, señor Búmer?

—Si no hubiese ido al colegio, jamás habría podido ser futbolista —dijo *la bomba*—. Cada día tengo que repasar mi libro de jugadas, contestar las cartas de mis fans, estudiar un buen rato para preparar el próximo partido…

—¿Fue usted a la universidad? —siguió preguntándole la señorita Lulú.

—Varios años, sí —respondió *la bomba*—, y cuando termine mi etapa como jugador, tengo intención de volver para acabar la carrera de medicina.

—¡Genial! —salté yo—. ¡Así podrás curar a todos a los que les pisen la cabeza!

Todos se rieron, y eso que lo de que te pisen la cabeza seguía sin tener ni pizca de gracia. La profe pensó lo mismo, se lo noté en la mirada.

Entonces, para demostrarnos lo listo que era, *la bomba* Búmer nos leyó un libro y nos repartió unos marca-páginas donde ponía «MÁRCATE UN GOL: LEE».

La señorita Lulú dijo que, aunque aquel libro nos lo hubiera leído *la bomba,* podíamos añadir cincuenta y dos páginas al total de las que llevábamos leídas.

La temperatura del termómetro del pasillo subía y subía sin parar.

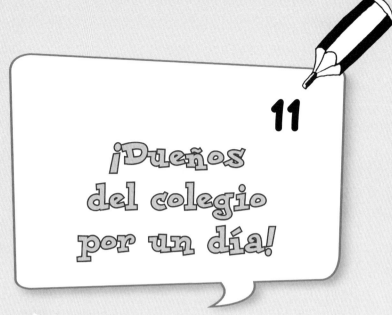

11

¡Dueños del colegio por un día!

Al fin llegó el gran momento.

Por supuesto, fue Andrea la que leyó la página un millón.

Cuando la señorita Lulú salió al pasillo para completar el termómetro hasta llegar a las palabras «UN MILLÓN», todos nos pusimos a gritar y a aplaudir.

Ese viernes por la noche, tooooodo el mundo fue al colegio. ¿Te lo imaginas? Yo mismo me moría de ganas de ir… ¡en fin de semana!

Cuando llegamos, en la puerta principal había un cartel enorme que decía: «¡HEMOS LEÍDO UN MILLÓN DE PÁGINAS!».

El director estaba esperándonos. Iba disfrazado de gorila, como prometió.

Había una mesa gigante con aperitivos y zumos, y la señorita Lulú había traído trufas.

Pero lo mejor de todo era que el gimnasio entero estaba… ¡lleeeeeno de videojuegos!

No había visto tantísimos juntos en mi vida.

Cada familia había traído todo tipo de ordenadores, teles y consolas, y

¡HEMOS LEÍDO UN MILLÓN DE PÁGINAS!

los habían colocado por todo el gimnasio.

Podíamos jugar a lo que quisiéramos. La única norma era que nos fuésemos turnando.

Para los que no les gustaban los videojuegos, en medio del gimnasio habían puesto varios juegos de mesa (creo que se llaman así porque son tan aburridos que solo sirven para adornar las mesas).

Jugué a todos y cada uno de los videojuegos que había en el gimnasio.

Después de pasarme varias horas pegado a las pantallas, tenía una mezcla de dolor de cabeza y picor de dedos, y me daba la sensación de que los ojos se me iban a salir de la cara.

¡Fue la mejor noche de mi vida!